… obiecuję ci to

Treść książki

Świstak Brunon, przebudzony ze swojego pierwszego snu zimowego, pała żądzą odkrywania świata. Zaprzyjaźnia się z pięknym kwiatem mniszka, po czym obaj wspólnie spędzają wiosnę. Z nadejściem lata mniszek przeradza się w dmuchawca, który prosi Brunona, by mu zaufał i mocno dmuchnął. Dmuchawiec znika, a Brunona ogarnia smutek. Jednak po następnym śnie zimowym czeka go miła niespodzianka …
Przyjaźń, zaufanie oraz pożegnania to dla dzieci w wieku przedszkolnym bardzo ważne tematy, które podejmuje niniejsza książka. Dodatkowo opisuje ona w obrazowy sposób związane z tym odczucia. Spokojny nastrój krótkich tekstów oraz subtelne ilustracje dają poczucie bezpieczeństwa stwarzając wiele okazji do nawiązania rozmowy z dzieckiem.

… я тебе обещаю это

Содержание книги

Бруно, сурок, просыпается после своей первой зимней спячки и полный энергии хотел бы открыть для себя мир. Он подружился с красивым цветком, жёлтым одуванчиком, и они провели вместе всю весну. Когда пришло лето, жёлтый одуванчик превратился в белый пушистый одуванчик. Цветок просит Бруно доверять ему и сильно подуть на него. Белый пушистый одуванчик исчезает и Бруно теперь грустный. Однако после следующей зимней спячки его ожидает прекрасный сюрприз …
Дружба, доверие и прощание – очень важные темы для детей дошкольного возраста, которые обсуждаются в этой детской книге с картинками. В дополнение к этому наглядно описываются связанные с этим чувства. Спокойный настрой кратких текстов и ласковые иллюстрации возбуждают чувство защищённости и предлагают много поводов завести разговор с Вашим ребёнком.

Sonderausgabe 2015
Lesestart – Drei Meilensteine für das Lesen

minedition
verlegt in der Michael Neugebauer Edition GmbH, Bargteheide

Gesetzt wurde in der Nueva von Carol Twombly
Lithografie: Fotoreproduzioni Grafiche, Verona
Produktion mit Michael Neugebauer Publishing Ltd. Hong Kong
Gedruckt wurde auf FSC Papier

FSC www.fsc.org MIX Papier aus verantwortungsvollen Quellen FSC® C020560

ISBN 978-3-86566-905-6

www.minedition.com

KNISTER

... das verspreche ich dir

mit Bildern von Eve Tharlet

minedition

Manche Tiere machen im Winter
einen tiefen, langen Schlaf.
Den Winterschlaf.

Bruno, das Murmeltier, wachte zum ersten Mal
aus seinem Winterschlaf auf.

Bruno fühlte sich stark und ausgeruht.
Er wollte hinaus in die große weite Welt.

Bruno lief und lief, bis er müde wurde.
Er kuschelte sich in eine Grasmulde und schloss
erschöpft die Augen um auszuruhen.

Aber was sah Bruno, als er sie wieder öffnete?

Eine wunderschöne Blume,
einen Löwenzahn.
Brunos Herz pochte vor Freude.

Auch der Löwenzahn wollte
vor Glück mit der Sonne
um die Wette strahlen.

Glücklich verbrachten die Zwei eine schöne Zeit miteinander.

Bruno fand, dass seine Blume von Tag zu Tag immer schöner wurde.

Immer wieder wurde er aufs Neue überrascht wie sie sich veränderte.

Die Blume genoss es, wenn Bruno in hellen Mondscheinnächten ausgelassen um sie herum sprang. Sie wusste auch, dass Bruno sie beschützen würde, während sie schlief.

Eines Morgens hatte sich die Blume völlig neu entfaltet.
Bruno war hingerissen von ihrer Anmut.

In diesem glücklichen Moment fragte sie:
„Vertraust du mir?“

„Natürlich vertraue ich dir!“, antwortete Bruno erstaunt.

„Was immer auch passiert?“, wollte die Blume wissen.

„Ich vertraue dir, was immer auch passiert!“, versprach Bruno.

*„Dann puste so fest du kannst und alles wird gut!
Das verspreche ich dir.“*

Und Bruno pustete begeistert.

Aber was war das?
Bruno erkannte traurig, dass er seine Blume zerstört hatte.

„Aber sie hat doch versprochen, alles wird gut?!"

„Und ich habe versprochen, ich vertraue ihr!“

Was hatte die Blume mit
„Alles wird gut, das verspreche ich dir“ gemeint?

Bruno seufzte: *„Sie hat es versprochen."*
Dann machte er sich alleine auf den Weg in die große weite Welt.

So viel Schönes gab es
zu entdecken!

Wie gern hätte er seiner Blume
davon erzählt.

Aber immer wieder fragte er sich:
Was hatte seine Blume mit *„Alles wird gut, das verspreche ich dir"* gemeint?

Als es Herbst wurde, war seine Sehnsucht so groß, dass er zu der Wiese zurückkehrte, wo sie einst gemeinsam glücklich waren.

Bruno fühlte, wie er immer müder wurde.
Er baute sich eine Schlafhöhle.

Als er sich ins Nest kuschelte, sagte er:
„Sie hat es versprochen, alles wird gut…,“

und dann fiel er in einen tiefen, tiefen Schlaf.

Und was sah Bruno, als er nach seinem langen Winterschlaf aufwachte?